室內之詩

陳偉哲——著

問答代序

WHO?	——	一個多年挖掘的多元化的自己
WHEN?	——	呼吸和窒息之間
WHAT?	——	一些無法浮游的幼小生物
WHY?	——	世界之必要
WHERE?	——	天光忘卻的室內
HOW?	——	憑失憶

哼起一座花園的情調
我的獨行
我的垂頭
只有天知曉

題記（代序）

——人越寂寞越美麗，詩也如此。——

室內之詩

目次

問答代序 002
題記（代序）——人越寂寞越美麗，詩也如此。—— 003
晴天大不了 013
回旋木馬 014
罐頭沙丁魚 015
Beware of the Dogs 016
向陽 017
1969年 018
蟲 019
手機 020
說明天 021
原來 022
口紅 023
弟弟 024
洗髮劑 025
國家 026
枕頭 027
Yellow Pages 028
看星星 029
戒寂寞 030

美人魚 031
睡美人 032
白雪公主 033
修禪 034
冷漠 035
雜誌 036
榨汁機 037
過去 038
安全套 039
河流 040
沸水 041
胎盤 042
邏輯課 043
唇印 044
對錯 045
投胎：狗 046
詩人的身世 047
梅毒 048
Fragile（之一） 049
Fragile（之二） 050
Fragile（之三） 051
人類 052
空白 053
燈 054

寓言後遺症 055
時間盡頭 056
冰箱 057
小卒 058
燒焊 059
給牛寫情詩 060
閱讀 061
一表人才 062
許願 063
憧憬 064
死後 065
合照 066
欺騙 067
鎖骨 068
結果 069
營火會 070
蛋糕 071
月亮和太陽 072
神仙話 073
棕色窗簾 074
髒話 075
聖誕節 076
Hydrophilic 077
過山車 078

Sunburn 079
文化 080
別無其他的 081
天窗 082
母乳 083
日記 084
拾荒 085
過夜 086
肚臍 087
第三者 088
屋瓦 089
半張人 090
書架 091
手錶電池不足 092
煙蒂 093
堤 094
檀香圈 095
雙重 096
過目 097
回家 098
SENT 099
深情 100
空行 101
插畫 102

猝死 103
山脈 104
沙拉 105
牛油 106
生殖器 107
穿裙 108
拜香 109
馬陸 110
車票 111
睡覺以前 112
小學 113
墳墓 114
門牌 115
回頭 116
哭 117
空 118
魚的自述 119
花生醬 120
Love Bite（之一） 121
Love Bite（之二） 122
Love Bite（之三） 123
Love Bite（之四） 124
甦醒 125
飯已成粥 126

對白 127
新陳代謝 128
毒 129
失業 130
導電 131
含羞草 132
地球儀 133
海洋俳句一 134
海洋俳句二 135
海洋俳句三 136
海洋俳句四 137
海洋俳句五 138
海洋俳句六 139
海洋俳句七 140
海洋俳句八 141
海洋俳句九 142
墓的形態（之一） 143
墓的形態（之二） 144
墓的形態（之三） 145
墓的形態（之四） 146
往生 147
腋 148
脊椎 149
魚鱗 150

自卑感 151
飛魚 152
快門 153
失明 154
夜遊 155

番外篇　室外之詩

輪胎 159
秋千 160
星空 161
昨天 162
後天 163
鄰國 164
時差 165
衣櫃 166
鏡子 167
空牆 168
死亡 169
落葉 170
抵達室內之後 171

晴天大不了

雨的脖子伸出陰雲
光明站在邊陲並非壞事
晴天躲入墨鏡裡自卑
黑暗內向又不肯下雨
這也不見得是好事

回旋木馬

暈眩式疲憊一再
輪迴一再重複同個馬蹄
三百六十度速轉
自轉公式仍成謎

依戀海嘯時魚身會生銹
赤裸的去鱗夕陽
遺忘了之前魚貫的泡沫
把海灘排成擁擠的琴鍵
還沾邊茄汁

罐頭沙丁魚

隔籬笆的狗吠
隱藏一種安全地帶
所有的人類：貪婪、偷偷摸摸
或者冒險的都絕種了

Beware of the Dogs

做賊的前世
被通緝時
渾身月光打亮
像超度施法的道士
痛改前非，膜拜磊落
幾經修鍊
晚年開綻成向陽的
溫室小花

向陽

借月亮一把鐮刀
修復鬍渣
除去乾癟的青春
輪廓留下瘡
阿姆斯特朗的足印

1969年

是軟體趨近固體
或者是半液體狀況的藝術
人類只記得
蛋白質熟後的春意

蟲

手機

手不會導電
電線開始在睫毛和瀏海
糾纏連線，趁訊息甦醒以前
理清口臭的話題

明天還年輕，而
昨天的明天正斷氣
統統入土為歷史
中學生翻動的那本

說明天

原來菜肴冷了
你還記得我是你的妻子
原來睡衣不整
你才想念做愛的情人
原來走進人群
你才瞭解我們做人是因為
動物做不成人

原來

口紅

赤的不言，在嘴角
和隱私的裙底
曾是你偷情時
不經意洩漏的污漬

輩分和血緣忘記相關詞
哥哥可以是弟弟
弟弟可以是爸爸
啊。我們亂倫
爸，哥的弟弟怎麼會是
我呢？

弟弟

洗髮劑

為了證明他不忠
決定彙集所有
我所記得的人頭
他們共同擁有
手感淫蕩的芬芳

只有地圖知道它的巨大
我們只是它腹底
默默無名的蛔蟲

國家

徹夜衡量頭顱的重量
安排異類的夢發芽
我不希望睡醒的時候
頭上仍是住滿野獸的雨林

枕頭

過目那灘包羅萬象的字眼——
一包義肢烹調咖喱。
一捆胎毛打黃毛衣過冬。
一盅盛夏陪我聊晚年。

我記性極差，手癢撕下
廣告聯絡
拿到雜貨店一一兌現

Yellow Pages

眸子進入三月
雙魚座閃爍
暗自隕落成
你嘴角發音的
「星星」

看星星

給寂寞一個解除寂寞的方式：
放屁！

戒寂寞

美人魚

美人魚不再美麗
海洋嚴重油污中毒
剝奪她傳說中
脈搏逐漸衰老的鱗

跳蚤繁殖旺季
是時候換枕頭
還有老邁的床褥
「麻煩你，自行訂酒店
幾晚都好。謝謝合作。」

睡美人

蘋果是你的敵人，不要啃它
（你嘴巴沒有別人想像中大
盡量避免流血）
讓它落到巫女的頭上
長出一棵連魔鏡
都認不得的蘋果樹

白雪公主

修養將近半世紀
我仍是一隻蟾蜍
雙棲在厭惡和憎恨之間

修禪

沙漠中央最後一根煙雲已經幻滅
白晝迷入沉暗的手影
揮動，揮動
風沙溜進了眼角

冷漠

我想更狂抓起一本
類似校刊類似相簿的雜誌
只求遇見你的匿名
在你被開信刀解封
以前

雜誌

用力用力榨啊攪啊
明明昨天還有太陽的
現在給拌成糊了
成為方案無法洞悉的
不在場證據

榨汁機

我們複習歷史因為考試
因為懷故因為
悲哀
過去了的我們也是
重複溫習歷史
只是那時候往往不知道
我們是今天的主角

過去

緊緊鎖住水龍頭
我的原理：次生不准手淫
來浪費水源

安全套

從善如流不是我
的首選，對不起
（順序總是太如意）
我只能是逆流中
的一條鮭魚

河流

蒸氣抵達某個高溫
兀自會認老

沸水

原來我們都是來自
同一個胎盤
我們是人，是詩的新主人

過去的營養餵飽意境
也是時候分體

胎盤

邏輯課

第一課：意境一定要死亡。（無所謂投江或者跳樓）

第二課：將天馬行空的成語刪掉，留下腳踏實地就好。

第三課：找回真我。不虛假。不冒充詩人身份。

我情願當凡人就與世無爭了

也許是魚的唇
偷偷兌換你的嘴巴
我吻你時
喝下整片海

唇印

對錯

不要再費時
為對和錯爭辯
趕快提筆
在他們的手臂和腿毛之前
畫＝

狗的世界
人有四肢
為馬戲團效勞
在掌聲和歡笑
剎那得以復活

投胎：狗

詩人的身世

姓名：寂寞／枯葉
年齡：潦倒的長度／墜落的高度
地址：寂寞的家／葉的樹幹
簡介：寂寞狀的枯葉@枯葉狀的寂寞

耗盡世上最好的疫苗
電腦安裝再好的防毒系統
都不能阻止色情片散播的
這種病毒。問你後悔了沒？

梅毒

某種力度
影子踩在落葉上，絲絲支離
易碎的歲月發出的窸窣
微雕分貝
驚醒年輪
易睡的漩渦

Fragile（之一）

夢裡這宿緣
被時間擊碎，我
無言以對
假日我撿拾碎音
拼回完整的音容
企圖逼問
風景易碎的緣故
和不碎的秘方
我為時間整容以前

Fragile（之二）
小心輕放——題記

永生歌唱著瓶頸：
站在死亡面前
我只能是一隻易碎的昏鴉
而非麻雀

Fragile（之三）

打自誕生，人的一生
像精子逆向卵子
從子宮遊回陰莖
射精以前
疲憊而衰老

人類

牆累積脫漆的記憶
一夜靜穆臨面
給壁虎吃光
渾身依然潔白

空白

先有愛迪生才有燈，還是
先有燈才有愛迪生
類似常識
由鎢解答

燈

寓言後遺症

如果聽故事的人
睡前長尾巴
那不過是野狼忘記牽回
樵夫所砍斷的

時間盡頭

突然，接過時間的頭顱
其餘的身體都下葬了
半年以後你出席我的葬禮
我已是時間的內子

室內有冷氣，赤道縱橫在外
只隔一道牆，夏天捉狂咆哮
屋內的冬天
我半冷半熱的汽水
在思考寒衣或者比基尼

冰箱

別以為整天用心施肥
草叢會視你為恩人
它可是一代倔強
不隨意迎合馬蹄的嗒嗒
而認命傾身

小卒

鐵軌銜接鐵軌
月球上軌公轉
滑進我的枕頭
李白又得苦惱
如何將月亮推回
頭頂上的古詩

燒焊

給牛寫情詩

找來最薄的牛皮紙
從容題起情詩
手筆卻無比遲鈍
如初學按下琴鍵
對牛彈琴

我的孩子在詩體內
急速消瘦
成為讀者嚮往的
一筆一痕的字眼

閱讀

鋼琴前我是熟練的彈手
鋼琴後我是一根丟了音色的符號

一表人才

許願

為了紀念永恆的夜色
我情願穿上簡單的泳褲
赤足走在流星
細微的上端
成全你巨大如夢的願望

我也許只能在美麗的詩篇裡
找回我游失的泳褲
才不至於赤裸面對
不安的遠景

憧憬

是時候挑選一塊孤島
留給自己
等我死了可以置放
我的眼睛、鼻子、耳朵
還有嘴巴
讓他們構成生前
一直完美無瑕的防風林

死後

幾度夢見
在岩石和邊界互撞的合照裡
聽到火花熄了的哭號
像海鷗迷路的眼神

合照

將你急躁的手心隱藏在淺海
捏造謊言使你的迷航更為寂寞
我欺騙了你
因此盤踞在你體內一百年

欺騙

鎖骨

預見
你脆弱的鎖骨流了
一些關於海洋生態的水位
我不是算命家
我是無家可歸的海鷗

結果你寫了六十首詩歌
來賠罪
結果你是詩人眼前的
通緝犯

結果

起火不需要懂得
做人的條件
月亮為了洗罪自焚
把案發現場的夜色
愈燒愈黑暗

營火會

我喜歡的你並不喜歡
你在乎的我並不理會
但我們共同喜歡軟的
甜美的可吃的可看的
對方指尖的蛋糕奶油

蛋糕

你瞳裡的月亮
和太陽相撞
日食抵觸月食的寂寞
夕陽擔憂日出的孤僻
我瞪住你眼裡的傍晚
走進天亮

月亮和太陽

幼時我的癡情
老愛學李白喝醉
模仿仙境常用的
人話來發洩

神仙話

因為天空總會蔚藍
於是在窗口
吊一片棕色窗簾
每次抬頭
都能輕易回想鄉土的童年

棕色窗簾

世界沒有你想像的骯髒
請掉頭回家照鏡子
測驗口腔的污染指數

髒話

聖誕節

聖誕節慶
無論身在北極或者南極
你永遠是我的雪人
我是你心事溶解的情人
認真地往你身體疊雪

講起海你比我更熟悉
一旦水位降到膝蓋
洪水正式失效
那雙渴望潛水的腳趾
露出魚貫的症狀
也許我冒昧穿著蛙鞋睡覺
他們才會思念井水的安全感

Hydrophilic

過山車

橫衝　直撞
倒懸　翻身
（高難度的舞技
驚動了我）
難怪醫生都說
我的腸胃
絕對患上急性恐慌症

被炭熏乾的豬肉
在罐頭裡
發香

Sunburn

我到夢境裡寫詩
我到現實裡睡覺

文化

再說　就要被割喉
再說　電話線要切掉
再說已經別無其他
你只好對我說

別無其他的

新起住宅區
天空多幾個大破洞
注射了破傷風預防針
雨遲遲不流進框子

天窗

乳牛冬天罷工
奶粉市價飆升
零歲到十歲兒童
都得由母體哺乳
大人不宜

母乳

恨老師出的考題
恨母親煮的青菜不熟
恨隔壁家阿明搶我的氣球
恨天色在我小睡時發熱氣
恨我自己重寫
一天內的怨氣

日記

漲潮的那夜去拾海
不幸溺斃了
身體遠遠的回音
如水藏進貝殼

拾荒

過夜

枕頭想要被人躺著
手淫
夜漫長的射精
流滿手
撫過你剛睡的棉枕

肚皮中央插座
容易導電
請用乾布擦拭
或者脆性以舌頭舔乾水漬

肚臍

三個人剛巧
形成一個
等邊等角
三角形
幫我解答
多邊形數學題

第三者

它和浪都有一個共同野心：
疊出視覺層次感強的美觀
但是雨未來就先
墜沉如浪，五馬分屍

屋瓦

半隻手成全半首詩
半個人頭指望半邊手
半張人像紅區亮相的海報
不男又不女

半張人

一看到新買的書籍
重心逼瘋它
一舉起骨架
它就昏睡

書架

日落出時間的範圍
時針驚慌失措
停止在傍晚六點
動也不動
等太陽復出

手錶電池不足

兩指之間夾著
父親回家的背影在燃燒
肺葉饑渴吮吸
母親年輕的味道

煙蒂

編一堵牆阻礙
惆悵漏出掌心
等我白天冷靜
你已凍成
我體內一塊堤磚

堤

繞盡山路
抵達神話
頂峰
眾神來接我

檀香圈

從衣櫥舉出
一件身體
穿上自己的身體
雙重身份
我們都是彼此
熟悉的雙面人

雙重

走失的眼珠
磨碎
再搓出湯圓
等冬至
著涼

過目

是歸路太彎
還是我獨行
蛇之身上
蜿蜒的驅動
盤成無雨
卻帶有微量的母味
的鄉愁

回家

嫁出去的女兒回來
從額頭到腳趾尖
每寸老去的肌膚
都寫滿郵戳
修養一半分給了丈夫

SENT

脫上衣
暖暖我的彈指
這三十粗細不明的年代裡
按醒無數個
你身上的噪音
幾隻蝴蝶飛出你
不二價的假情義

海洋空洞的身體
海船繼續離岸著迷
擱淺時
給空腹一點海水
釀胃酸

空行

我寧願是
畫中的花粉
肉眼辨識不到
的詩人體積
被蜂鳥散播到
遠方的故作
死去的大畫家的墓園

插畫

猝死

若時間可以停止運動
心跳切成兩半
一個送給上帝
一個送給土地公

發育完畢
乳房總得面向晚年
老陳，下垂
偶爾長起野草
給牛羊填飽肚

山脈

華人印度人馬來人白人
非洲人俄羅斯人日本人
民族混淆國籍混淆習俗
混淆語言混淆祖籍
一床混血兒
呱呱墜地

沙拉

加溫下一步驟
身體不再屬於乳牛
而是在麵包刀邊緣
哭泣的奶油

牛油

習慣與後代溝通
難免需要交換
高黏性液狀的母語
浮游在一灘呻吟之上

生殖器

將雲朵適度環繞腰圍
無所謂尺寸
體內的氣不經意凝結
成露
隱去部分赤裸的羞恥

穿裙

從前要跟爺爺聊天
話只能一直往下燒
我會好奇地心是什麼
香煙熏得嗆鼻
現在也是

拜香

如果回程中
柏油路突然蜿蜒
坎坷不平
全因方向感取自於
它的肢體語言

馬陸

遞過來的
是在清醒片刻
所萎縮成短字條的馬路
記載著司機的個人資料
一張認人的人頭照
駕駛時速以及學歷

車票

鏡子暗下
梳粧檯打鼾
瞌睡分點給我

睡覺以前

小學

我跟小明打架
吃了藤鞭一個小學的日子
我偷看人家聽寫
啃了耳光一個小學的日子
我在班上偷小便
在小學廁所度過很臭的一天
一天在小學，我還是
你忘不了的壞學生

只是看到幾個刻字
淚腺就潰堤
彷彿預見你下葬
那日，你也會
為來不及的餘生落淚

墳墓

錯過這次的約會
不要再為情而落淚

門牌

在某個旋轉角度
殉情可以掩飾
叛逆和絕情
回頭，有時必須謹慎
免得扭歪了情侶的頸

回頭

只不過是液狀的孱弱
跟門外的青蛙搏鬥聲量

哭

天務必空
雲才能透風
像一些廣告被誇大
成為天理的空洞

空

一罐離截至日期還遠的沙丁魚
一則海
互不相干的魚貫式潛游

魚的自述

花生醬

爺爺一指挖進醬罐
花生連根拔出掉牙的晚年

回顧初戀氣象
悲慟時曾咬碎烏雲
圓月被咬剩昧心
我們的齒痕劃過新月
彎彎，盛著鬆髮
掩護傷疤

Love Bite（之一）

手臂上比咬印更深
的足印初春遠走
踏醒一堆眉宇中央脫毛的地帶
赤著，圍巢
養眼

Love Bite（之二）

咬斷紅線，咬斷經線
神經蓬鬆如垂頭的電線
遇熱，熱戀拉到盲點終站
暗自擠破血管

Love Bite（之三）

齒痕在情書留下四個字：
終生
胎記。
我註定被印死
在她殷紅的
靜唇

Love Bite（之四）

天冷記得要關掉眼淚
讓它像露的身體一樣彙聚陽光
照醒夢偷偷關上的眼睛

甦醒

親愛的，你的清白不斷
用軟弱抵抗加溫前的堅硬
然而你不覺得是

飯已成粥

向來部首構造鄉音的窸窣
唯有嘴巴不勞而獲
繼續放口不明不白的詞彙

對白

成長是幻覺帶來了憂鬱
哀愁洶湧後剩一個新體認領
那都不屬於我和你的

新陳代謝

胃食道逆流性疾病患者
緊張時服下預先榨好的檸檬汁
舒緩倒流效應

毒

當眼睛懂得賞析古詩
並寫出了一鳴驚人的現代詩
是時候，雙手借給量地官暫用

失業

我一心不想成為電子的奴隸，老是傳授帶點螞蟻咬的隱痛。

導電

原來害羞的你喜歡將
微紅的臉蛋匿藏在鄉土裡

含羞草

即使我今生環繞了地球一周，我仍無
法從步履推斷世界是圓的。

地球儀

浪花伸長
拍打岸邊岩石的巨響
感動若干沙子前生的隱痛

海洋俳句一

所有經緯和航線
的重心和力度
延伸浪花每一寸的高度

海洋俳句二

奔波成為此生的使命
我們沒有抗拒前邁
也沒有撤退的餘力

海洋俳句三

寂寞取締每趟夕陽的流浪
覆蓋地球四分之三的惆悵
潮濕老在回應

海洋俳句四

肌肉雨中湛藍
海鷗貼近寶藍岸線
形成孤獨的一痕

海洋俳句五

臉色橙橘或者清澈
深邃或者極淺的水漬
承載漂泊的定義

海洋俳句六

用顏色深淺隱喻
沉默深度
最後被岸上的沙灘揭穿

海洋俳句七

曬臺上的鹹魚
冥想欲望不斷混亂去向
使勁在投胎

海洋俳句八

海洋俳句九

流浪靠北斗燈塔指點迷津
鐵錨鏽色衡量棲息的重量
海浪生息靠漲潮呼應著退潮

墓的形態（之一）

雨後　大地冒出許多門牙
熟悉著岩石般的冷

墓碑與墓碑之間
牙縫形成
蛀牙的居所

除了會哭的墓
牙醫忘了計算牙齦殘留的呻吟
不斷修補刻字
以至完美　如心底的標誌

墓的形態（之二）

站在墳墓前
花朵掉淚，家屬掉了堆砌山坡的沙礫

墓的形態（之三）

我半夜夢見墓的形態
洞曉自己不是入土的往事
但我也不願
化身為墓園遍地的草原
再美麗的翠綠
先人只能遠遠地偷看

墓的形態（之四）

電梯的升降
足以考驗我們做人的勇氣

往生

長毛的青春
聞起來不像是兒時踩過的青草

腋

又是一部小孩學山脈
匍匐的說明書

脊椎

月光去鱗顯得剔透
零碎的反射
偶見海洋憂鬱的臉色

魚鱗

走在路中的馬陸
因身材而感到自卑

自卑感

傳說中海上的海鷗
全都切盼每條會游泳的魚
振翅騰空

飛魚

將你偷光的舉動記下
然後洗出底片來調查
不妨告訴你
我其實也是
你鄰家竊光的賊

快門

眼珠交給月亮
盲眼的夜突然長了星星

失明

會走路的夢不長也不短
足夠把夢交給白天裡
喜歡發呆的小孩

夜遊

番外篇

室外之詩

輪胎

早已習慣磨損的記憶
徹底消化長途迎來的倦意

秋千

秋千盪完童年以後
遲遲不回家
它留線上
等雨下

星空

或許從天降落的
不是流星
而是別人之前許下的願望

昨天

昨天是一張
逾期樂透
扔進垃圾桶之後
作廢的數字
饑渴被回收

後天

明天是長在頭上的思緒
結成朝後天的辮子
看似遠方一座堤
預備天亮世襲的洪流

鄰國

除了分享海洋
豐腴的海景和海產
還有季節性的煙霾
請你不要嫌棄
我們之間幾度迷濛的
遠距離愛情

時差

我睡覺時你就開始要去工作
你想睡覺時我才開始要做早餐
維持跨國戀情
我們永遠都無法
抵達同時間進行的夢

衣櫃

這些年裝滿的秘密
時光熨平成衣
偶爾有勇氣
穿幾件去遇人

鏡子

對坐的自己
在調整現實
未來的
我以為我
是裏面的我
但我不是
我是外面的我

空牆

塗鴉是為了違背
空白的思想
有些字是污漬
有些畫是贅肉

死亡

突然死亡在槍頭
裸站
尖叫

落葉

學死亡飄落
入土
被萬物遺忘

抵達室內之後

幾經辛苦，這本短詩集是出版計畫C的成品。時過一年，這堆流浪的詩歌經過風風雨雨之後總算抵達一個完整的文本。原名本為《別無其他的》，意味著詩在不加潤飾的情況下，以赤裸和直接了當的寫法表達其意境；之後改成《向明天借來的室內詩》，後來為了配合下一本短詩集《室外之詩》（暫時確定已經夭折）又更名作《室內之詩》。書名靈感取自於愛爾蘭詩人詹姆斯・喬伊絲，James Augustine Aloysius Joyce（1882-1941）在一九七〇年出版的《室內樂》（Chamber Music）。

室內象徵初期的感覺，擁有生物剛萌芽的念頭，猶如我這些又嫩又年輕的詩，暫時還見不得光。作品創作期為二〇一一年至二〇一二年。集子內的短詩相較於我平常所寫的中長詩，無論在風格、意象還是想法上，皆有迥異的部分，可說是在試驗文字。

其實，讀這本詩集有好幾種方法，依個人與致而決定。讀者可以先讀詩，然後再往下端看題目（像猜燈謎的玩法）。這樣就可從產生的好奇心中再擴大想像空間。抑或，讀者看了詩的題目，鎖定某個思想，然後進入詩體，一邊讀詩一邊思索，必定獲得一些荒謬的驚喜。遊戲歸遊戲，詩歸詩。詩歌通常透過共鳴而自覺存在，所以詩集內的詩未必是大眾的喜好，但絕對可以引起小眾的愛戴。

我想，室外成形以前，這些零零散散的短詩是讀者眼中努力發光的小太陽。一旦白晝升起，彷彿宇宙所有的行星都醒來了，陪伴孤獨的詩人運行到天黑。每一個仰望都是詩的姿態；每一個俯首都是詩的自問。在此我要感謝蘇紹連老師、李進文老師和木焱兄的推薦語，還有我的家人、文友以及秀威編輯團，不管何時何地你們都在用自身的曙光照亮我不想寄託的黑暗。

讀詩人36　PG0797

室內之詩

作　　者	陳偉哲
責任編輯	鄭伊庭
圖文排版	王思敏
封面設計	王嵩賀

出版策劃	釀出版
製作發行	秀威資訊科技股份有限公司 114 台北市內湖區瑞光路76巷65號1樓 電話：+886-2-2796-3638　傳真：+886-2-2796-1377 服務信箱：service@showwe.com.tw http://www.showwe.com.tw
郵政劃撥	19563868　戶名：秀威資訊科技股份有限公司
展售門市	國家書店【松江門市】 104 台北市中山區松江路209號1樓 電話：+886-2-2518-0207　傳真：+886-2-2518-0778
網路訂購	秀威網路書店：http://www.bodbooks.com.tw 國家網路書店：http://www.govbooks.com.tw
法律顧問	毛國樑　律師
總 經 銷	聯合發行股份有限公司 231新北市新店區寶橋路235巷6弄6號4F 電話：+886-2-2917-8022　傳真：+886-2-2915-6275

出版日期	2013年3月　BOD一版
定　　價	280元

Printed in Taiwan

國家圖書館出版品預行編目

室內之詩 / 陳偉哲著. -- 一版. -- 臺北市：釀出版,
2013.03
面；　公分. --（語言文學類；PG0797）
BOD版
ISBN　978-986-5976-55-2（平裝）

851.486　　　101013905

讀者回函卡

感謝您購買本書，為提升服務品質，請填妥以下資料，將讀者回函卡直接寄回或傳真本公司，收到您的寶貴意見後，我們會收藏記錄及檢討，謝謝！如您需要了解本公司最新出版書目、購書優惠或企劃活動，歡迎您上網查詢或下載相關資料：http:// www.showwe.com.tw

您購買的書名：____________________

出生日期：________年________月________日

學歷：□高中（含）以下　□大專　□研究所（含）以上

職業：□製造業　□金融業　□資訊業　□軍警　□傳播業　□自由業

□服務業　□公務員　□教職　□學生　□家管　□其它______

購書地點：□網路書店　□實體書店　□書展　□郵購　□贈閱　□其他

您從何得知本書的消息？

□網路書店　□實體書店　□網路搜尋　□電子報　□書訊　□雜誌

□傳播媒體　□親友推薦　□網站推薦　□部落格　□其他__________

您對本書的評價：（請填代號　1.非常滿意　2.滿意　3.尚可　4.再改進）

封面設計____　版面編排____　內容____　文／譯筆____　價格____

讀完書後您覺得：

□很有收穫　□有收穫　□收穫不多　□沒收穫

對我們的建議：____________________

____

____

____

請貼
郵票

11466
台北市內湖區瑞光路 76 巷 65 號 1 樓
秀威資訊科技股份有限公司 收
BOD 數位出版事業部

(請沿線對折寄回，謝謝！)

姓　　名：＿＿＿＿＿＿＿＿＿＿　年齡：＿＿＿＿　性別：□女　□男

郵遞區號：□□□□□

地　　址：＿＿＿＿＿＿＿＿＿＿＿＿＿＿＿＿＿＿＿＿＿＿＿＿＿

聯絡電話：(日)＿＿＿＿＿＿＿＿＿＿＿＿(夜)＿＿＿＿＿＿＿＿＿＿＿＿

E-mail：＿＿＿＿＿＿＿＿＿＿＿＿＿＿＿＿＿＿＿＿＿＿＿＿＿